CHRISTA WOLF

Was nicht in den Tagebüchern steht

Verse

Herausgegeben
und mit einem Nachwort
von Gerhard Wolf

RADIUS-BIBLIOTHEK

Christa Wolf (18.3.1929 – 1.12.2011), weltbekannt durch ihre Bücher wie »Der geteilte Himmel«, »Nachdenken über Christa T.«, »Kassandra«, »Stadt der Engel oder The overcoat of Dr. Freud«; zahlreiche Auszeichnungen im In- und Ausland, wie der Georg-Büchner-Preis 1980; war Mitglied der Akademie der Künste Berlin/Brandenburg. Ihr letztes Buch aus dem Nachlass: »Man steht sehr bequem zwischen allen Fronten – Briefe 1952–2011«, Berlin 2016

ISBN 978-3-87173-045-0

Umschlag: André Baumeister
Auf holz- und säurefreiem Werkdruckpapier gedruckt
Gesamtherstellung: CPI – Clausen & Bosse, Leck
Printed in Germany

I

Was nicht in den Tagebüchern steht

Und auch nicht in den Büchern: Wie diese Zeit
in Wirklichkeit vergangen ist.

Ein Zählwerk im Kopf, das tickt. Eine Stimme im Ohr,
die mitzählt. Eins, zwei drei vier fünf
sechs sieben. Über dem Zählen, über dem Zuhören
auf die Stimme, auf viele Stimmen, ist das
Leben vergangen, das Gras gewachsen, ohne daß wir es
hörten. Das Wichtigste aber, was das
ist, ist unbemerkt in die Zwischenräume gerutscht.

Wann ist die Stimme brüchig geworden. Seit wann trifft sie
in den alten Liedern die hohen Töne nicht mehr.

Wann sind die Leidenschaften abgeflaut.

Mach keine Geschichten – damit fing es an.

Ich machte keine Geschichten.

Ich verlernte es, Geschichten zu machen.

Unbeweglich

Heute
wusch ich
meine Sommerkleider

Vom Schreibtisch aus
sah ich das blaue
im Sturm auf der Leine
mühelos alle Bewegungen vorführen
die ich
in ihm machen wollte
als ich es kaufte

Auch ihr

Heute früh
sind die Köpfe
der Sonnenblumen
gestern
hochgemut aufgerichtet
alle zur Erde gesenkt

Ursache
nicht bekannt

Einfach geknickt
denke ich

Schuldhaft

Im Vortraum
sah ich
ein Doppelwesen
Er liegend
sie stehend
zusammengewachsen
an ihren Füßen
dergestalt
daß der Mann
sich nur aufrichten konnte
mit den Füßen der Frau
sie aber, die Stehende
nur gehen konnte
in den Füßen des Mannes

So blieben sie
Unbeweglich

Woher
mein ahnungsvolles Grauen

Strafe

Denk dir Lieber
im Traum
durfte ich dir endlich schreiben
Einen Satz
Da schrieb ich
Jemand hat mir meine Freudefunken ausgetreten
und weinte bitterlich
Dann sah ich mich
im Traum
wie ich mit bloßen Füßen
helle kleine Funken austrat
Ich weine nicht mehr
Lieber
Niemals mehr

Traum

Mitten im Sommer
ist mir ein Winterkleid gewachsen

Wenn du jetzt nicht liebst
sagte die Stimme

Herbstsprüche

Auch die Kormorane
sind
von uns unbemerkt
schon abgezogen
Die Stare
gehen wieder
an den Holunder
Regendurchweicht
alle Wege

Du sagst
Es kommen noch sonnige Tage

Ich denke
Alles Liebe
was mir geschehen sollte
ist geschehn

Unbelehrbare Törin
höre ich
die Stimme in mir

Urteil

Unterm Gänsegeschrei
wurde der Stab gebrochen
Frostatem
über den Sommersee gehaucht
die Wege verödet
die Äcker
mit Steinen bestreut

Unabgeerntet
steht der Birnbaum
blattlos
behängt mit schwarzen Früchten

Totenbirnen
denkt es in mir

Angst

Die ich liebe
gehen
wohin ich nicht gehe
Sie tun
was ich nicht tue
Sie wollen
was ich nicht will
Sie brauchen Menschen
die ich nicht kenne

Bald
werde ich allein sein

Monster

Ach du mein kleines
missgebildetes Ungeheuer
in mir

Jetzt endlich
ziehen wir dir
Stück um Stückchen
deine Monsterhaut ab

Spar dir die Krokodilstränen
mein Scheusal

Deinesgleichen
hat keine Gefühle

Wieso
zerreißt mir
die Missgeburt
meine Eingeweide
Wieso
bleibe ich
ausgeblutet
zurück

Frei

Eingebunden
in den Kreis der Nächsten

umhegt
von Liebe

umfriedet
von bequemer Lebensart

umgeben
vom Zwang der Gewohnheit

eingezäunt
vom eigenen Vorurteil

eingekreist
von Erwartung

besetzt
von fremden Wünschen

umstellt
von Nachrede

ausgeliefert
jeglichem Neid

eingesperrt
in den Ruhm

umgarnt
von Eitelkeit

überwältigt von Selbsttäuschung

ummauert
        von Schuld –

Ein einziges
unverstelltes Wort
sprengt mir
den Weg
ins Freie

Im Wald. Echo

Junge Eichen
Buchengebüsch
Kiefern
Sonnengeflecht

Erinnerung:
Ohne weiteres
habe ich da
früher gedacht:
Schön

Heute
muß ich mich denken machen
daß ich früher
den Waldrand betrachtend
ohne weiteres
schön
habe denken können

TV-Mythologie

Neben anderen Computersystemen
sei nun auch
der Rechner des NSA geknackt

Ein trojanisches Pferd
wurde eingeschleust
in die Subsysteme
Castor und Pollux

Prinzip Hoffnung

Angenagelt
ans Kreuz Vergangenheit

Jede Bewegung
treibt
die Nägel
ins Fleisch

Auskunft

Das habe ich
mit meinen Augen gesehen
mit meinen Ohren gehört

Im Schattenreich
tobt
ein immerwährender Kampf

Schrill klirren Lanzen
schmerzhell
schlagen eiserne Fahnen
ohrenzerreißend
die Schreie
der Opfer

Geschunden
gequält
gefoltert
wird dort
nach der Jahrhunderten
Weise

Niemand stirbt je

Auch mir
ist Hören und Sehen
nicht vergangen

Ich blieb
Ich bleibe

War das der Zurichtung Sinn

Schreibend
fülle ich nicht
mein Defizit
an Unschuld auf

Wohl aber
mein Defizit
an Rechtfertigungen

–

»Der Absturz aber
geschieht immer
durch den Verlust
der Sympathie«

Bekehrung

An das
was war
habe ich nicht geglaubt

An das
was kommt
glaube ich nicht
und werde ich nicht glauben

Kein Tag wird kommen
Du aber sei mir gegrüßt

Erkannt

Das bin ich nicht
beteure ich
schuldbewusst
in die fordernden
enttäuschten Gesichter

Aber das bin doch wirklich nicht ich
Wirklich bin ich nicht
Nicht ich bin wirklich
Ich bin wirklich nicht

Bin ich nicht wirklich?

Das bist du
sagt leise der Tod
und berührt mich sanft

Ich bin es gewesen
gestehe ich

Zweifellos

II

Rückäußerung

Auf den Brief eines Freundes

Wir wussten doch immer, daß es das eigene widersprüchliche Leben ist, aus dem das ANDERE wird.

Ja Volker aber welches ANDERE
und was heißt wissen was immer
Bis wann hieß unser Wissen Glauben
WAHRLICH ICH SAGE DIR HEUTE NOCH WIRST DU
MIT MIR IM PARADIESE SEIN
Willst du Jahreszahlen für den Erosionsprozeß
1953 1956 1961 1965 1968 1976 1985 1989
und bis wann
war wie viel Glauben
untermischt mit viel Wissen
Willst du Prozente
(Oder haben wir das WISSENSCHAFTLICHE ZEITALTER niemals in Zahlen ausgedrückt und war daß wir es nicht taten einer unserer Fehler)
Und ab wann
durften wir den Glauben Hoffnung nennen
und zum Prinzip erheben

GEWISSE GEGENWART HINTER DER WAND
VON DEN BEDRÄNGTEN HOFFNUNG BIST DU GENANNT

Aber
wie oft und wann
war Hoffnung Selbstbetrug
DIE HOFFNUNG LAG IM WEG WIE EINE FALLE

Und warum konnten wir uns
so schwer aus ihr befrein
Warum und wie lange haben wir

die erdichteten Fragen des lesenden
Arbeiters
dem nichtlesenden Arbeiter
in den Mund gelegt
Anders gefragt
Wer baute das baukastenförmige Hoyerswerda
Wer erhöhte im Waggonbau Ammendorf die Norm

Da fallen dir Gesichter ein   Namen
Ich sehe Gesten   Blicke
Aufgerissene Mienen in der Versammlung
Da ging es noch um etwas
Oder
soll das alles nichts gewesen sein
Selbstbetrug und Sinnestäuschung
Paule Bauch   Rolf Meternagel
VEB Erdgaswerk Schwedt   VEB Waggonbau
Ammendorf
Das jedenfalls haben wir doch geschafft
dachten wir
Darauf immerhin können wir
die Späteren verweisen

Aber
VEB ist unsern Enkeln ein Begriff für Schrott

(MEIN EIGENTUM JETZT HABT IHRS AUF DER KRALLE)

Und
Die LEUTE VON HOYWOY klatschen Ausländer auf

Dies Volker schreibe ich in der Stadt der Engel mit einem wunden Gehirn das immer schneller in sich selber kreisend heißläuft sich aber leider doch nicht selbst verzehrt so daß es nicht aufhört Sätze auszustoßen wie diesen AUS FEHLERN LERNEN IST DIE SCHWERSTE ART ZU LERNEN UM

WIEVIEL LEICHTER LIESSE ES SICH LERNEN AUS GELUNGENEM DAS ABER WAR UNS NICHT VERGÖNNT und wenn ich schlafe falls ich schlafe traumlos zum Glück denn diese Träume deren Fetzen mich verstören auch noch zu erinnern wäre

Obwohl

Eines Nachts wird mir Glied um Glied abgetrennt zuletzt scheibchenweise das Gehirn Es bleibt glühend mein Name Schließlich verlischt auch der

Wenn es mich sag ich aus dem Schlaf schleudert ist das Gehirn schon wach und hat auch diese Nacht ich weiß nicht wieviel Meter Tonband fleißig produziert so daß es fast ein Zufall ist bei welchem Textausschnitt ich es erwische EIN STÜCK LEBEN IN MIR WIE EINE GRÜNDLICH VERKAPSELTE KAVERNE Wer soll mir das glauben Aber darauf kommt es nicht an Es ist sieben auf den Leuchtziffern meiner elektronischen Nachttischuhr bei euch elf Uhr abends Du siehst die letzten Fernsehnachrichten Ich beginne meine Morgenübungen die mich langweilen und quälen weil ich der Gehirnmaschine wehrlos ausgeliefert bin doch zwinge ich mich gewisse Muskeln zu trainieren weil ich hier wo ich alleine bin nicht krank sein darf Nach dem Frühstück schlucke ich nach dem umstrittenen Rezept von Linus Pauling 500 mg Vitamin C Manchmal entgleist der Herzrhythmus sonst bin ich gesund oder vernachlässige Symptome

Müller hatte und hat einen anderen Umgang mit sich und uns: »Ich will nicht wissen, wer ich bin.«

Will ich es wissen

Kann

ich es wirklich wollen

Müller hast du es gelesen

vertraut

der FAZ seine Diagnose an

HERZKRANZGEFÄSS

JETZT WEIẞT DU WO GOTT WOHNT
WAS DU NICHT WISSEN WOLLTEST ZEIT
IST FRIST

»Jetzt muß ich meine Maske des Zynismus aufbehalten«

Jetzt
fällt mir die letzte Maske vom Gesicht

Aus dem Unaushaltbaren hat sich ein anderes Leben
und Schreiben ergeben: das sind die dreißig Jahre Arbeit, deren
Gewicht nun erst ganz zu ermessen ist.

Und die mir
das war das Grauen
in einer Sekunde weg-
geschmolzen sind

ICH HABE NIEMALS EINE ZEILE GESCHRIEBEN
ICH WERDE NIEMALS MEHR EINE ZEILE SCHREIBEN
Als ich in der Behörde hinter dem Bundesadler
einem Bild begegnet bin
als mir
das gibt es
die Haare zu Berge standen
weil es unkenntlich war

Das so Vertraute *Unaushaltbare* Volker
das war etwas anderes
Das war der Widerspruch wie wir zu lange dachten
der sich doch in Dialektik einbaun lassen müsste
Das war wie wir dann einsehn mussten
Der Abgrund zwischen denen und uns

WIR UND NICHT SIE

ach Volker
auch von dieser Zeile
wurde dir der Sinn im Munde umgedreht
(und unverständlich wird dein ganzer Text)
Denn sie das warn die anderen
im Kostüm der Genossen
Das war der Schmerz
der unaushaltbar war
und der nicht nachließ

Und schreiben hieß
DER SPUR DER SCHMERZEN NACHGEHN
und jeder Schritt aus dieser Spur
war eine falsche Zeile
(So daß man sagen könnte fällt mir eben ein wir hätten es leicht gehabt Denn ein für allemal in diese Spur gesetzt Wie konnten wir sie verlassen)

KEIN ORT Na gut Wir warn die ersten nicht
Und haben um des lieben Lebens willen
den VORLÄUFERN fleißig
nachgespürt
Juli 1979 Aus einem Brief
Im Wind klirren die Fahnen, welcher Farbe auch immer. Na
und? Dann klirren sie eben, aber warum merken wir das erst
jetzt? Wo ist die Zukunft? Das kann man nicht wissen. Und
es ist wahr, die alten Muster: Tod, Wahnsinn, Selbstmord
sind verbraucht. Also müssen wir leben nach einem unsicht-
baren
Kompaß und ohne passende Moral. Nur dürfen wir uns
nicht
länger selbst betrügen. Ich sehe nicht, wie das ausgehn soll.
Wir graben in einem dunklen Stollen, aber graben müssen
wir
halt. Und dazu gehört die eigene Lage zu artikulieren.

Ha dachten wir manchmal zu leiden
und hatten doch erst
einen Zeh
ins dunkle Wasser getaucht
(Ob diese Aussage sich
halten lässt)

So traurig es ist, sich mit der schwachen Figur konfrontiert zu sehen, die man einmal gemacht hat

Verbindlichen Dank für das »man« Volker
ÜBER DIE SCHWIERIGKEIT ICH ZU SAGEN
(Aber das hatten wir doch schon Oder nicht)

Es gibt lese ich
ein Menschenrecht auf Irrtum

Gibt es ein Menschenrecht auf eine IM-Akte

Überreaktion
ich weiß
Das hat schon meine Mutter gesagt von der ich es habe
Du musst nicht immer alles so schwer nehmen

Das hätte mir nicht passieren dürfen
Warum mir nicht
Ich bin
wie alle
Tag und Nacht erzähle ich mir meine Geschichte

In einer milden Depression
meint Freud
könne man ganz gut
schreiben

Muß ich das also milde nennen

Wie ja überhaupt alles eine Sache der Sprachregelung ist
(Aber das wissen wir doch)

Hier in der Stadt der Engel lese ich die politische Stimmung der Leute mit denen ich zusammenkomme aus dem Wort ab mit dem sie den vorjährigen Aufstand der schwarzen Bevölkerung in den Armenvierteln de Stadt bezeichnen »Riots« ist die offizielle Sprachregelung »Aufruhr Krawall Tumult« Das hilft der weißen nichtarmen Bevölkerung ihre Angst zu beschwichtigen auch zu rächen Während andere Wörter – rebellion uprising revolt insurrection – den Aufrührern ja eine Spur von Berechtigung für ihre Handlungen zugestehen würden die ihnen aber nicht vergeben werden können weil sie sich gegen privates Eigentum richteten Aber hat es so nicht immer angefangen Und wenn es zu Ende ist wird vor allem anderen das private Eigentum in seiner ganzen Unantastbarkeit wieder aufgerichtet
(Aber das wissen wir ja)

IN ERWÄGUNG DASS IHR UNS DANN EBEN
MIT GEWEHREN UND KANONEN DROHT
HABEN WIR BESCHLOSSEN NUNMEHR SCHLECHTES LEBEN
MEHR ZU FÜRCHTEN ALS DEN TOD

Ach Brecht
Weißt du noch wie sie umfielen
wie die Fliegen
Weiskopf Brecht Fürnberg Bredel Becher Kuba
in den Fünfzigern und in den Sechzigern
deren Namen (Brecht ausgenommen)
nicht nur von den Straßenschildern
auch aus den Lesebüchern getilgt werden
ALT MÖCHTE ICH WRDEN WIE EIN ALTER BAUM

Ach Louis
Der Riß in der Herzader
war der Riß
der durch den Menschen
ging

Überanstrengte leben
SPANIENS HIMMEL
doch auch
EH WIRD STALIN SAGEN UND AM
BARTE DREHN

Dich übrigens hab ich auch schon liegen sehen
mächtig bleich
unter einem wunderschönen Baum
in Dänemark
(Ist es denn wahr dein Arzt hat dich bespitzelt)

Mich hat es in die Kurheime und Krankenhäuser getrieben
Können sie mir vielleicht erklären
warum ihr Immunsystem zusammengebrochen ist
Ja Doktor
das könnte ich
Es war im Sommer 88
Das Schlimme ist
Wir haben dieses Land geliebt
(Regieanweisung: Tosendes Gelächter)

Einmal weißt du noch im Zug von Dresden
der übrigens zu schwach geheizt war
sagtest du nachdem wir zwei Stunden lang geredet hatten
Also müssen wir gehen
Und blieben
bei Hinz und Kunz
in den observierten Nischen
in den kleinen Katastrophen der
ÜBERGANGSGESELLSCHAFT

bei den Leuten
die nicht wußten
daß Troja untergeht

und daß das Andere wieder ein neuer Widerspruch war, ist
noch ganz unser Problem
ja
wie Fühmann es uns sagte
Fühmann der
sich als gescheitert erklärte

Daß das Andere
nicht das Unsere war
daß wir es zu dem Unseren auch nicht machen konnten
das war und ist allerdings unser Problem
Überanstrengte leben
Hatten wir keine Wahl

Ich Volker hätte damals eine Wahl gehabt
Warum hab ich mich nicht verweigert

Ich weiß es nicht mehr
Das Gedächtnis
ist ein tückischer Filter
Kaum wollte ich mir selbst glauben daß ich das vergessen
konnte

Antwortversuche Ich habe sie noch nicht als die ANDEREN
gesehen
Ich traute meinen eigenen Gefühlen nicht
Ich glaubte ihnen Auskunft schuldig zu
sein
Beklommen glaubte ich DER SACHE so zu
nützen
Ich wußte mir nicht zu helfen
Ich hatte Angst

Irgendwo im Netzwerk dieser Sätze
und in der Unschärfe meiner gemischten Gefühle
müßte die Antwort sich verfangen

Aber du hast doch niemandem geschadet
Doch
Mir selbst

Sie tasten dich
nach deinen Schwächen ab
und benutzen sie
als Einfallstor
Sie testen dich wie weit sie gehen können
Ich nahm den eignen Namen und verdarb ihn mir
Ich schrieb den Bericht
Ich ging in die fremde Wohnung
Ich war dreißig Wie
langsam wir erwachsen wurden

Entfremdung
ist die Einsetzung des Fremden
in dir selbst

Er soll dich ansehn
wenn du in dich hineinblickst
das ist
was die Christen teuflisch nennen

Nein sagen ist mir schwer gefallen
Ich lernte es von Fall
zu Fall

Als ich es konnte
(Gibst du zu es war ein Fehler
Nein nein nein nein nein)
haben sie meinen Widerspruch

in Zustimmung umgelogen
und den Freunden
als Verrat serviert

(Als ich das las kriegte ich Mordgelüste)
DIE WIR DEN BODEN BEREITEN WOLLTEN FÜR FREUND-
LICHKEIT

War dies die ärgste Falle
der trickreichste Selbstbetrug
...MIT NACHSICHT

O nein Pardon wird nicht gegeben
Das Maß der Rache
zeigt
das Maß der frühern Furcht

...daß du es vermochtest dich frei zu machen in den großen
sinnlichen Erzählungen über unser Verhängnis

Gewiß
Ernstlich habe ich mich der Sprache anvertraut
die mir die Türen sprengte
zu jenen Innenräumen
in die sie nicht vorgedrungen waren
und in denen ich
selbst überrascht
ein solches Unmaß an Trauer fand
Damit verbot sich jenes andere Sprechen
in Floskeln Anschuldigungen Fertigteilen
und ich vergaß daß ich je so gesprochen hatte
(Vergaß nicht ganz Vergaß wann wo mit wem und über wen)
Bin dachte ich
den Fremden in mir
es war eine männliche Person

allmählich losgeworden
indem ich mir ein Herz gefasst ihn zu betrachten
(Was ist alle Angst gegen die Angst vor der Selbsterkenntnis)
ihn nicht umbrachte
sondern möglichst
ihn mir anverwandelte
Und was von ihm übrig blieb
versuchte anzunehmen
Das sagt sich so   Es war mein Leben
Jetzt gilt das alles nichts

(ES GIBT KEINEN SCHMERZ DER NICHT ZU ÜBERTREFFEN WÄRE)

Der Fremde
ist noch einmal aufgestanden
und will mich erdrücken

...deine Erzählungen sind eine Bleibe, aus der du rückhaltlos sprechen kannst

Wäre es so
Hörst du den Hetzruf Siehst du die Gesichter Spürst du
die Gier
(Aber das kennen wir doch)

Rückhaltlos sprechen   Zu wem
Ich weiß so fragt die Schwäche
Aber
gibt es denn jetzt da alles möglich ist
auch Weiterbildungskurse die dich lehren
deine öffentliche Vivisektion
in strammer Haltung zu überstehn

Den Finger auf die Wunde
doch da liegen schon so viele Finger

Der NEUE MENSCH scheint
die gläserne Frau zu sein
ICH SEH DEN SALAMANDER DURCH JEDES FEUER GEHN
KEIN SCHAUER JAGT IHN UND ES SCHMERZT IHN NICHTS

Mit meiner Haut Volker
muß etwas nicht in Ordnung sein
Es ist so schwer gehasst zu werden
Manchmal wie heute Nacht
werd ich von Harzrasen wach
und höre eine Stimme
ABER DA WARST DU EIN ANDERER MENSCH
Und höre zugleich die Gegenstimme
FAULE AUSREDE

Ich weiß
es ist der alte Kampf
Der Fremde in anderer Gestalt
Grinsend holte er eine alte Schuld herauf
und präsentiert die Rechnung
Womit soll ich zahlen
Falschgeld
Wird strikt zurückgewiesen
Oder täuscht er mich kaltlächelnd und
ich habe schon bezahlt

In der Stadt der Engel Volker wird es wie im Himmel üblich je nach Verdienst genommen und gegeben. Mir alle vierzehn Tage ein Scheck von dem ich gut lebe und von dem ich in kleinen Mengen an die homeless people weitergebe God bless you sagt der Mann der neben dem Kino hockt und blickt mich an Ich laufe weinend ins Hotel So soll ein Mensch einen Menschen nicht anblicken müssen Einen solchen Blick Volker habe ich bei uns niemals gesehen Oder war ich einfach nicht dabei Ein Freund fragt So haben wir nur die Wahl zwischen diesen beiden Arten von Demütigung Es scheint so Und die Wahl zwischen zwei Arten von Schuld

Ich habe die ersten Blicke in meine Aktenstöße getan; Totalüberwachung, manche Woche kein Tag ohne Kontakt. Ein gezinktes Leben. Wir sind aus solchem Stoff wie Akten sind.

Einspruch Euer Ehren
Daß sich Träume
in Akten verwandeln
wir wussten es doch
Auch daß sie unser Leben
zum Spielball ihrer kranken Träume machen
wollten
Wenn jemand kenne ich die Qual
die jedes kleinste Mitspiel einem heute abverlangt
Doch sie haben nur
gezinkte Karten
zinken können
Das ist ein unumstößliches Gesetz
Und du Volker was einer gegen dich auch sagen könnte
mit gezinkten Karten hast du nie gespielt
und darauf kannst du baun und dich
berufen
Ich aber das ist neu für mich
kann mich auf nichts und niemand
mehr berufen
Zuschanden gingen meine Heiligen mir
und die Instanz
bei der Berufung
einzulegen wäre
nimmt von mir keinen Antrag an
Den Prozeß
den ich gegen mich eröffnet habe
muß ich ohne Beistand führen
Ausgang ungewiß

Mir schwant
daß unrecht haben
mir gut tun kann
daß ich kein fremdes Urteil
akzeptieren muß
und auch diese Sprache
der Behörden und Instanzen
sich von mir
lösen wird
Bis dahin borg ich diese Zeilen mir

WIE ICH MICH IRRTE UND PROBEN NIE BESTAND
DOCH HAB ICH SIE BESTANDEN EIN UM DAS ANDRE MAL

Drei Tage sind vorbei Im Traum heut nacht
rasender Fall durch Schichten
von immer dichterer Konsistenz
Luft Wasser Morast Geröll
steckenzubleiben droht ich zu ersticken
Dann plötzlich unter mir Gestein
und diese Stimme
Du stehst auf festem Grund
Weinen im Traum erlaubt

Die Freunde beklagen sich bei Offizier, daß ich mich nie ganz öffnete. Nun, den wirklichen Freunden doch, und darum erwarten wir dich zurück und freuen uns wieder auf den geliebten Klatsch und unsere schuldige Heiterkeit.

Ja Und unsere schuldige Trauer
Ich komme Bald

Santa Monica 26.3.1993

III

Alter

Starrblicke

Husch
ihr Vögel

Lässig
heben sie ab
Schwarze Schwingen

Lassen sich nieder
im Kreis

Noch

Gleich gültig

Die Lebenskurve sinkt

Auf ihrer Bahn
nimmt sie Lust Neugier
Arbeitseifer Selbstvertraun
Behendigkeit
auch Mitleid
mit

Die Liebe nicht
Die bleibt

Auch der Argwohn
hält sich gut
Selbstzweifel und Entmutigung
Hohn und Verachtung
sind gesichert
Enttäuschung
Ist vorhanden

Angst
kommt von Fall zu Fall

Sonst aber
gilt mir alles gleich

Gleich gilt mir jetzt
der Traum
dem Wachsein
Eher gilt jener mehr
und wird wenn er entschwindet
mehr betrauert

Was heißt denn das

Bin ich des Wachseins müde?
Leb ich in Träumen deutlicher
und freudiger
und ehrlicher?
Unangefochten
selbst vom Schreckensbild?
Erkenn ich mich
nur in den Träumen noch
so fremd sie sind
und wird die Lebenskurve
wenn sie das Stück
das ihr noch bleibt
beschrieben hat
abstürzen in den Traum?

Will ich das wissen?
Ach ich weiß es nicht.

Medeas Lied

1.

Nachts
stürzen die Sterne
ins Meer

Ich lausche ihrem Fall
Dem Strömen
meines Blutes
Dem Vergehen
der Zeit

Du kommst nicht
Lieber

Ich bin
Allein

2.

Wer ruft mich
Sei ruhig Lieber
Nimm du
die dunkle Erde
Ich nehm
den hellen Mond
Stell mich
in seinen Schatten
Fang ihn auf

Komm doch
Sieh
den Himmel

3.

Die Zeit
Ein Schiff
auf stürmischer See
Im Malstrom
der Götter
Sie reißt mich mit
schleudert mich
ans fremde Ufer
ohne Gefährten

Wir halten
die schwebende Wahrheit
in unserer Mitte
Sie fällt
zerspringt

Meine Füße gingen lieber aus der Zeit

Verschlüsselt

Betroffen
sagt der Traum

Und Träume lügen nicht

Doch welche Wahrheit
halten sie zurück

Franci

Das hab ich nicht gewusst
Der Tod macht müde

Von der toten Freundin kommen
mich niederlegen
traumlos schlafen

Wochen später
jede Nacht
die Träume
von den verfolgten Juden

La Napoule

Auf den Bogen der Bucht
ist die Sehne
des Sommers gespannt

Der Pfeil der Zeit
zielt
genau auf mich

Still

Alles hält still
Nichts rührt sich
Kein Zweig am Ahornbaum
kein Blatt der Rosenhecke
selbst der Vogel auf dem Zaunpfahl nicht

Starr der Horizont
Der Himmel grau

Bald geh ich
Warum
bin ich so traurig

Was schmerzt

Die Knochenfrau in mir
die mich überdauern wird
trauert schon
um mich

Zweitausend

Der Horizont ist leer
Das Stück ist aus
Die Spieler lauschen
Kein Applaus

Fatales Stück
Verfehltes Spiel
Dürftger als alles
Die Regie

Vereinzelt Pfiffe aus dem Publikum
Die Leute gehn beschämt
Drehn sich nicht um

Ich bleibe
Mittelloge Ester Rang
Hier saß ich lange
Und das Spiel nahm seinen Gang
Vor wechselnden Kulissen
Unter falschem Licht

Allmählich
Ist es mir entglitten

Ich vermiß es nicht

Am Steintisch

Versunken sitze ich am Steintisch
hinter dem alten Haus

Schwedischer Granit, unzerstörbar

Es regnete, als sie ihn brachten,
die schweren Stützen in den Boden schlugen,
die Platte mit dem kleinen Kran
vorsichtig zirkelnd aufsetzten.

Der steht jetzt hier für die Ewigkeit.

Es gibt die Sonne, den Himmel, Wolken,
Vögel, Bäume in vielfältigem Grün.
Rechts die Trauerweide, mächtig,
einst ein Kümmerling,
links Ahorn und Ulme, aus Gerten herausgewachsen.
Blumen am Hang, Kräuter.

Und alles regiert die Zeit, die ich nicht verstehe.
Die vergeht, sagt man.
Wie der Schmerz. Wie die Freude.
Wie das Leben.

Der Steintisch bleibt.

Wir scharen uns um ihn,
in Regen und Sonne,
in der Dämmerung, bei Nacht.
Kerzen tropfen ihr Wachs auf ihn,
der rote Wein macht Flecken,
die Mahlzeiten machen uns satt.
Worte hinüber- und herübergewechselt,
auch Lieder gesungen.

Und oben die Sterne, ein wechselnde Mond.
Kometen zischen über uns hinweg,
Sputniks kreisen.

Wir vergehen.
Der Steintisch bleibt.

Er wird
die nach uns kommen,
die wir nicht kennen,
um sich versammeln.
Sie werden dieselben Sterne sehen,
mit anderen Stimmen zueinander sprechen.
Von uns nichts wissen.
Lebendig sein.

Für G. am 16. Oktober 2006

Nachwort

I

Einen einzigen Satz haltbar machen
auszuhalten in dem Bimbam von Worten.

Es schreibt diesen Satz keiner,
der nicht unterschreibt.

Diese Zeilen von Ingeborg Bachmann, der Dichterin, die sie verehrte, stellte Christa Wolf einem Manuskript mit Versen voran, das sie mir am 16. Oktober 1990 übergab, geheftet in einem Umschlag mit dem Vermerk »Vorzugsexemplar«.

Wir nahmen es beide zum Anlass, sechs der Texte für ein Original-Künstlerbuch unseres Verlages Gerhard Wolf Janus press GmbH, gestaltet von Helga Schröder, auszuwählen, das wir dem Druckhaus Steidl Göttingen in Druck gaben (Format 34 x 24,5 cm, Auflage 360 Expl., 1995, nach ein paar Jahren vergriffen).

Beim Wiederlesen des ursprünglichen Manuskripts fand ich, dass nahezu alle Texte, geschrieben gegen Ende der achtziger, Anfang der neunziger Jahre, nichts von ihrer Anziehungskraft eingebüßt hatten, ursprünglich und direkt in ihren Empfindungen, wie in Tagen ihres Entstehens.

Um dies gleich vorauszuschicken, Christa Wolf hat sich nie als Lyrikerin gesehen. Sie liebte Gedichte seit ihrer Kindheit, ein kleines Bändchen mit Goethe-Lyrik, sie hat es beschrieben, ließ sie sich zu langen Krankenhausaufenthalten mitbringen, weil es ihr Kraft zu spenden schien. Ingeborg Bachmann hat sie in ihren Poetik-Vorlesungen an der Universität in Frankfurt/Main 1982 ausführlich gewürdigt und zitiert.

Es kam ihr einfach in den Sinn, bestimmte momentane Einfälle, unmittelbare Erlebnisse und Erfahrungen, so konzentriert wie möglich festzuhalten, um sie ins Bild, ins Gleichnis zu bringen. Verse, entstanden aus einer guten Gelegenheit. So haben wir für dieses Buch auch den ursprünglichen Titel »Was nicht in den Tagebüchern steht« beibehalten, weil er genau ausdrückt, was sie in Versen sagen wollte.

II

1993 – Christa lebte als Scholar des Getty-Center for History of Art an the Humanities in Santa Monica/Los Angeles – veröffentlichte sie, nachdem sie zwei Jahre geschwiegen hatte, »Eine Auskunft«, in der sie bekannte, dass sie von einer sie belastenden IM-Akte der Staatssicherheit wusste, die zwar 30 Jahre zurücklag, auch um anderen Kollegen, durch ähnliche Vorwürfe belastet, mit ihrer Stimme beizustehen.

Wie man erwarten konnte, löste ihr Bekenntnis eine heftige, meist bösartige Medienkampagne aus, in der unsere vielbändige Opferakte, die uns als »Doppelzüngler« zu Staatsfeinden erklärte, kaum Erwähnung fand.

Natürlich unterstützten sie zahlreiche Schriftstellerfreunde in Briefen.

Neben Günter Grass, Peter Härtling, Friedrich Schorlemmer und Antje Vollmer auch Volker Braun, mit dem wir lange befreundet waren, auch weil wir oft über unsere literarische Vorhaben debattiert hatten. Er schrieb:

Liebe Christa,
wir wussten doch immer, dass es das eigene widersprüchliche Leben ist, aus dem das Andere wird; aus dem Unaushaltbaren hat sich ein anderes Leben und Schreiben ergeben: das sind die dreißig Jahre Arbeit, deren Gewicht nun erst ganz zu ermessen ist. So traurig es ist, sich mit der schwachen Figur konfrontiert zu sehen, die man einmal gemacht hat: Du hast dann in beispielhafter Weise Kraft gewonnen; und das weiß man; und dass das Andere wieder ein neuer Widerspruch war (wie Fühmann es uns sagte), ist noch ganz unser Problem. Wir haben Dich eben darum gern, daß Du es vermochtest, Dich frei zu machen, in den großen, sinnlichen Erzählungen über unser Verhängnis. Sie sind eine Bleibe, aus der Du rückhaltlos sprechen kannst, und Du tust es zu unserer Erleichterung. Wir lasen Dein Interview in der »Wochenpost«, und es war uns ganz leicht ums Herz. Müller hatte und hat einen

anderen Umgang mit sich und uns: »Ich will nicht wissen, wer ich bin.« – Ich habe die ersten Blicke in meine Aktenstöße getan; Totalüberwachung, »Saint Just«, »Wächter«, »Romeo« und so weiter, manche Woche kein Tag ohne Kontakt, ein gezinktes Leben. Wir sind aus solchem Stoff, wie Akten sind. Die Freunde beklagen sich nur beim Offizier Girod, daß ich mich nie ganz öffnete. Nun, den wirklichen Freunden doch, und darum erwarten wir Dich zurück und freuen uns wieder auf den geliebten Klatsch und unsere schuldige Heiterkeit. Wir umarmen Dich, liebe Christa,

Annelie und Volker

25. 2. (93)

Christa Wolf antwortete ihm damals an Stelle eines Briefes mit ausführlichen Prosa-Versen, auch Gedichtzeilen der Freunde Stephan Hermlin, Volker Braun, Heiner Müller, Bertolt Brecht und Ingeborg Bachmann, als Zitate kommentierend.

1993 publizierten wir die gesamte »Täterakte« mit den üblen Kommentaren der Presse unter dem Titel »Akteneinsicht Christa Wolf – Zerrspiegel und Dialog«; herausgegeben von Hermann Vinke, Hörfunkdirektor von Radio Bremen, Schriftsteller. Eine Kopie der Akte, die allen Journalisten von Beginn an zugänglich war, wurde Christa Wolf – mit Siegel versehen – erst durch Günter Gaus überbracht, als er sie zu einem Fernsehinterview »Zur Person« in Santa Monica traf. Mit Günter Gaus verband uns Freundschaft.

Die im Buch»Akteneinsicht…« vollständig zitierten Zeitungen und Zeitschriften nahmen von seinem Erscheinen keine Notiz.

Die Briefverse für Volker Braun erschienen 1994 im Textband Christa Wolfs »Auf dem Weg nach Tabou« bei Kiepenheuer & Witsch, Köln.

III

Im Nachlass von Christ Wolf fanden sich unter Notizen und Skizzen aus den letzten Jahrzehnten ihres Lebens eine Reihe von Versen, unter denen ich die hier erscheinenden auswählte; sie stehen, wie »Medeas Lied«, oft in Zusammenhang mit ihrer Prosa.

Franci Faktorova war unsere Freundin aus Prag. Sie hatte mit ihrer Mutter und ihrer Schwester Auschwitz überlebt. Sie war Journalistin der kritischen Literaturzeitschrift »Literany Noviny« der ČSR, die mit allen Mitarbeitern 1968 nach der Besetzung durch die sowjetischen Truppen verboten war. Sie übersetzte, unter Pseudonym, Bücher von Christa Wolf wie »Kindheitsmuster« ins Tschechische.

La Napoule ist ein Ort bei Cannes, wo wir im Mai 2000 mit unserem Freund Alain Lance, dem Dichter und Übersetzer von Christa Wolfs Büchern ins Französische, zu Gast waren.

Das Gedicht »Am Steintisch« widmete sie mir 2006 zum Geburtstag. Der Tisch steht hinter unserem Haus auf dem Land in Mecklenburg.

Radius-Bücher. Literatur – Theologie. Eine Auswahl

Elisabeth Albertsen: Unruhiger Stillstand. Erzählungen
Heinrich Albertz: Blumen für Stukenbrock. Biographisches
Martin Bauschke: Abraham und Aschenputtel
Brückenschlag zwischen Bibel und Märchen
Gerhard Begrich: Engel und Engelgeschichten in der Bibel
Gerhard Begrich: Genesis. Neu übersetzt und erläutert
Gerhard Begrich: Exodus. Das zweite Buch Mose
oder Der Aufbruch in die Freiheit. Neu übersetzt und erläutert
Gerhard Begrich: Das Hohelied Salomos
Eine Dichtung von Sulamith. Neu übersetzt und erläutert
Peter Bichsel: Im Hafen von Bern im Frühling
Peter Bichsel: Möchten Sie Mozart gewesen sein? Meditation zu
Mozarts Credo-Messe und eine Rede für Fernsehprediger
Helmut Braun: Rose Ausländer. zu ihrer Biographie
Karl Corino: Vademecum. Balladen über die Jugend in einer kleinen Stadt
Wilhelm Dehn (Hg.): Von Korn und Brot. Lyrik
Christoph Dinkel (Hg.): Im Namen Gottes. Kanzelreden zu den
sechs Perikopenreihen. 6 Bände *(auch einzeln erhältlich)*
Wolfgang Erk (Hg.): Neues Jahr – neues Glück!
Literarische Texte zum Geburtstag und zur Jahreswende
Wolfgang Erk (Hg.): Tod – Trauer – Trost
Literarische Texte zu Leben und Sterben
Wolfgang Erk (Hg.): Viele gute Wünsche. Literarische Annäherungen
Wolfgang Erk / Martin Scharpe: 50 Jahre Radius-Verlag. Eine Chronik
Richard Exner: Ufer. Gedichte 1996–2003
Marcell Feldberg: Spiegelungen. Archiv der Bilder I–CIV
Marcell Feldberg: Im Widerschein der Wirklichkeit
Archiv der Bilder CV–CCXXVIII
Traugott Giesen: Rufbereitschaft
Hannah Green: Ich hab dir nie einen Rosengarten versprochen
Peter Härtling: 80 – Versuch einer Summe
Peter Härtling: Dorther. Reisen aus dem Gedächtnis
Peter Härtling: kommen – gehen – bleiben. Gedichte
Peter Härtling: Leicht geworden für Gedankenflüge. 77 Zettel
Peter Härtling: Meine 75 Gedichte und zehn neue
Peter Härtling: Versuchte Ewigkeit. Gedichte 2008–2016
Peter Härtling (Hg.): Ein Engel für jeden Tag. 366 Texte
Gisela und Ulrich Häussermann: Frauengedichte der Welt
Klaus-Peter Hertzsch: Chancen des Alters. Sieben Thesen

Klaus-Peter Hertzsch: Der ganze Fisch war voll Gesang. Balladen
Klaus-Peter Hertzsch: Sag meinen Kindern, dass sie weiterziehn
Erinnerungen
Reinhard Höppner: Chancen der doppelten Erfahrung
Texte der letzten Jahre. Mit der Predigt von Nikolaus Schneider zur Trauerfeier und der Gedenkrede von Wolfgang Thierse
Walter Jens: Das A und das O. Die Offenbarung
Walter Jens: Der Römerbrief
Walter Jens: Die vier Evangelien
Klaus-Peter Jörns: Glaubwürdig von Gott reden
Gründe für eine theologische Kritik der Bibel
Eberhard Jüngel: Anfänger. Herkunft und Zukunft christlicher Existenz
Eberhard Jüngel: Außer sich. Theologische Texte
Eberhard Jüngel: Beziehungsreich. Perspektiven des Glaubens
Eberhard Jüngel: Erfahrungen mit der Erfahrung
Eberhard Jüngel: Predigten 1 bis 7 *(auch einzeln erhältlich)*
Otto Kaiser: Das Buch Hiob. Übersetzt und eingeleitet
Otto Kaiser: Kohelet. Das Buch des Predigers Salomo
Otto Kaiser: Weisheit für das Leben. Das Buch Jesus Sirach
Otto Kaiser: Die Weisheit Salomos
Werner Krusche: Ich werde nie mehr Geige spielen können
Erinnerungen
Reiner Kunze: Bleibt nur die eigne Stirn. Ausgewählte Reden
Reiner Kunze/Mireille Gansel: Die Chausseen der Dichter
Ein Zwiegespräch über Peter Huchel und die Poesie
Kurt Marti: DU. Rühmungen
Kurt Marti: Fromme Geschichten
Kurt Marti: geduld und revolte. die gedichte am rand
Kurt Marti: Die gesellige Gottheit. Ein Diskurs
Kurt Marti: gott gerneklein. gedichte
Kurt Marti: Gott im Diesseits. Versuche zu verstehen
Kurt Marti: Heilige Vergänglichkeit. Spätsätze
Kurt Marti: Die Psalmen. Annäherungen
Kurt Marti: Von der Weltleidenschaft Gottes. Denkskizzen
Gerhard Marcel Martin: Das Thomas-Evangelium
Pierangelo Maset: Geistessterben. Eine Diagnose
Pierangelo Maset: Wörterbuch des technokratischen Unmenschen
Elisabeth Moltmann-Wendel: Der auf der Erde tanzt
Spuren der Jesusgeschichte
Elisabeth Moltmann-Wendel: Gib die Dinge der Jugend
mit Grazie auf. Texte zur Lebenskunst

Matthias Nawrat: Nowosibirsk. Tagebuch
Elisabeth Plessen/Leiko Ikemura: Ich sah uns dort in der Ferne gehen
Gedichte/Aquarelle
Sebastian Polmans: Unser Tattoo. Gedichte
Ruth Rehmann: Flussaufwärts. Letzte Geschichten
Karl-Heinz Ronecker: Liedpredigten. Von Advent bis in die österliche Zeit. Mit einem Vorwort von Wolfgang Huber
Karl-Heinz Ronecker: Liedpredigten II. Vom Jahreswechsel bis Weihnachten. Vorwort: Heinrich Bedford-Strohm
Karl-Heinz Ronecker: Mit Literatur predigen
Martin Scharpe (Hg.): Erdichtet und erzählt I und II
Das Alte / Das Neue Testament in der Literatur
Martin Scharpe (Hg.): Die lieben Eltern
Mütter und Väter in der Literatur
M. Scharpe / W. Erk (Hg.): Tag für Tag. Literarisches Geburtstagsbuch
Asta Scheib (Hg.): Atem der Erde. Lyrik zu den vier Jahreszeiten
Wieland Schmied: Bilder zur Bibel
Maler aus sieben Jahrhunderten erzählen das Leben Jesu
Friedrich Schorlemmer (Hg.): Das soll Dir bleiben
Texte für morgens und abends
Fulbert Steffensky: Gewagter Glaube
Fulbert Steffensky: Heimathöhle Religion
Ein Gastrecht für widersprüchliche Gedanken
Fulbert Steffensky: Mut zur Endlichkeit
Sterben in einer Gesellschaft der Sieger
Fulbert Steffensky: Der Schatz im Acker. Gespräche mit der Bibel
Fulbert Steffensky: Schöne Aussichten. Einlassungen auf biblische Texte
Fulbert Steffensky: Schwarzbrot-Spiritualität
Fulbert Steffensky: Die Zehn Gebote
Fulbert Steffensky (Hg.): Ein seltsamer Freudenmonat
24 Adventsgedichte und 24 Adventsgeschichten
Peter Stosiek: Tollwut. Geschichte und Geschichten
Manos Tsangaris: Unbekannte Empfänger. Gedichte
Jörg Uhle-Wettler: Spiel mir das Lied vom Leben
Thomas Wild: Mit dem Tod tändeln. Literarische Spuren einer Spiritualität des Sterbens
Eva Zeller: Das unverschämte Glück. Neue Gedichte

Radius-Verlag · Alexanderstraße 162 · 70180 Stuttgart
Fon 0711.607 66 66 Fax 0711.607 55 55
www.Radius-Verlag.de e-Mail: info@radius-verlag.de